윤
동
주

시
집

컬러
일러스트

윤동주 시집

컬러
일러스트

윤동주 지음

북카라반
CARAVAN

차례

4

서시序詩

죽는 날까지 하늘을 우러러
한 점 부끄럼이 없기를,
잎새에 이는 바람에도
나는 괴로워했다.
별을 노래하는 마음으로
모든 죽어가는 것을 사랑해야지
그리고 나한테 주어진 길을
걸어가야겠다.

오늘 밤에도 별이 바람에 스치운다.

1

자화상 自畵像

산모퉁이를 돌아 논가 외딴 우물을 홀로 찾아가선
가만히 들여다봅니다.

우물 속에는 달이 밝고 구름이 흐르고 하늘이 펼치
고 파아란 바람이 불고 가을이 있습니다.

그리고 한 사나이가 있습니다.
어쩐지 그 사나이가 미워져 돌아갑니다.

돌아가다 생각하니 그 사나이가 가엾어집니다.
도로 가 들여다보니 사나이는 그대로 있습니다.

다시 그 사나이가 미워져 돌아갑니다.

돌아가다 생각하니 그 사나이가 그리워집니다.

우물 속에는 달이 밝고 구름이 흐르고 하늘이 펼치고 파아란 바람이 불고 가을이 있고 추억처럼 사나이가 있습니다.

소년少年

여기저기서 단풍잎 같은 슬픈 가을이 뚝뚝 떨어진
다. 단풍잎 떨어져 나온 자리마다 봄을 마련해 놓고 나
뭇가지 위에 하늘이 펼쳐 있다. 가만히 하늘을 들여다
보려면 눈썹에 파란 물감이 든다. 두 손으로 따뜻한 볼
을 쓸어보면 손바닥에도 파란 물감이 묻어난다. 다시 손
바닥을 들여다본다. 손금에는 맑은 강물이 흐르고, 맑은
강물이 흐르고, 강물 속에는 사랑처럼 슬픈 얼굴─아름
다운 순이順伊의 얼굴이 어린다. 소년은 황홀히 눈을 감
아 본다. 그래도 맑은 강물은 흘러 사랑처럼 슬픈 얼굴
─아름다운 순이順伊의 얼굴은 어린다.

눈오는 지도地圖

　　순이順伊가 떠난다는 아침에 말 못할 마음으로 함박
눈이 내려, 슬픈 것처럼 창 밖에 아득히 깔린 지도 위에
덮인다. 방안을 돌아다보아야 아무도 없다. 벽이나 천정
이 하얗다. 방안에까지 눈이 내리는 것일까, 정말 너는
잃어버린 역사처럼 홀홀히 가는 것이냐, 떠나기 전에 일
러둘 말이 있던 것을 편지를 써서도 네가 가는 곳을 몰
라 어느 거리, 어느 마을, 어느 지붕 밑, 너는 내 마음속
에만 남아 있는 것이냐, 네 쪼고만 발자욱을 눈이 자꾸
내려 덮여 따라갈 수도 없다. 눈이 녹으면 남은 발자욱
자리마다 꽃이 피리니 꽃 사이로 발자욱을 찾아 나서면
일 년 열두 달 하냥 내 마음에는 눈이 내리리라.

돌아와 보는 밤

　세상으로부터 돌아오듯이 이제 내 좁은 방에 돌아
와 불을 끄옵니다. 불을 켜두는 것은 너무나 피로롭은
일이옵니다. 그것은 낮의 연장이옵기에—

　이제 창을 열어 공기를 바꾸어 들여야 할 텐데 밖을
가만히 내다보아야 방안과 같이 어두워 꼭 세상 같은데
비를 맞고 오던 길이 그대로 비속에 젖어 있사옵니다.

　하루의 울분을 씻을 바 없어 가만히 눈을 감으면 마
음속으로 흐르는 소리, 이제 사상이 능금처럼 저절로 익
어 가옵니다.

병원病院

살구나무 그늘로 얼굴을 가리고 병원 뒤뜰에 누워, 젊은 여자가 흰옷 아래로 하얀 다리를 드러내 놓고 일광욕을 한다. 한나절이 기울도록 가슴을 앓는다는 이 여자를 찾아오는 이, 나비 한 마리도 없다. 슬프지도 않은 살구나무 가지에는 바람도 없다.

나도 모를 아픔을 오래 참다 처음으로 이곳에 찾아왔다. 그러나 나의 늙은 의사는 젊은이의 병을 모른다. 나한테는 병이 없다고 한다. 이 지나친 시련, 이 지나친 피로, 나는 성내서는 안 된다.

여자는 자리에서 일어나 옷깃을 여미고 화단에서
금잔화 한 포기를 따 가슴에 꽂고 병실 안으로 사라진
다. 나는 그 여자의 건강이— 아니 내 건강도 속히 회복
되기를 바라며 그가 누웠던 자리에 누워 본다.

새로운 길

내를 건너서 숲으로
고개를 넘어서 마을로

어제도 가고 오늘도 갈
나의 길 새로운 길

민들레가 피고 까치가 날고
아가씨가 지나고 바람이 일고

나의 길은 언제나 새로운 길
오늘도…… 내일도……

내를 건너서 숲으로
고개를 넘어서 마을로

간판看板없는 거리

정거장 플랫폼에
내렸을 때 아무도 없어,

다들 손님들뿐,
손님 같은 사람들뿐,

집집마다 간판이 없어
집 찾을 근심이 없어

빨갛게
파랗게
불 붙는 문자도 없이

모퉁이마다
자애로운 헌 와사등에
불을 켜놓고,

손목을 잡으면
다들, 어진 사람들
다들, 어진 사람들

봄, 여름, 가을, 겨울,
순서로 돌아들고.

태초太初의 아침

봄날 아침도 아니고
여름, 가을, 겨울,
그런 날 아침도 아닌 아침에

빨—간 꽃이 피어났네,
햇빛이 푸른데,

그 전날 밤에
그 전날 밤에
모든 것이 마련되었네,

사랑은 뱀과 함께
독은 어린 꽃과 함께

또 태초太初의 아침

하얗게 눈이 덮이었고
전신주가 잉잉 울어
하나님 말씀이 들려온다.

무슨 계시일까.

빨리
봄이 오면
죄를 짓고
눈이
밝아

이브가 해산하는 수고를 다하면
무화과 잎사귀로 부끄런 데를 가리고
나는 이마에 땀을 흘려야겠다.

새벽이 올 때까지

다들 죽어가는 사람들에게
검은 옷을 입히시오.

다들 살아가는 사람들에게
흰 옷을 입히시오.

그리고 한 침대에
가지런히 잠을 재우시오

다들 울거들랑
젖을 먹이시오

이제 새벽이 오면
나팔소리 들려올 게외다.

무서운 시간時間

거 나를 부르는 것이 누구요.

가랑잎 이파리 푸르러 나오는 그늘인데,
나 아직 여기 호흡이 남아 있소.

한 번도 손 들어 보지 못한 나를
손 들어 표할 하늘도 없는 나를

어디에 내 한 몸 둘 하늘이 있어
나를 부르는 것이오.

일을 마치고 내 죽는 날 아침에는
서럽지도 않은 가랑잎이 떨어질 텐데……

나를 부르지 마오.

십자가 十字架

쫓아오던 햇빛인데
지금 교회당 꼭대기
십자가에 걸리었습니다.

첨탑이 저렇게도 높은데
어떻게 올라갈 수 있을까요.

종소리도 들려 오지 않는데
휘파람이나 불며 서성거리다가,

괴로웠던 사나이,
행복한 예수 그리스도에게
처럼
십자가가 허락된다면

모가지를 드리우고

꽃처럼 피어나는 피를

어두워 가는 하늘 밑에

조용히 흘리겠습니다.

바람이 불어

바람이 어디로부터 불어 와
어디로 불려 가는 것일까,

바람이 부는데
내 괴로움에는 이유가 없다.

내 괴로움에는 이유가 없을까,

단 한 여자를 사랑한 일도 없다.
시대를 슬퍼한 일도 없다.

바람이 자꾸 부는데
내 발이 반석 위에 섰다.

강물이 자꾸 흐르는데
내 발이 언덕 위에 섰다.

슬픈 족속族屬

흰 수건이 검은 머리를 두르고
흰 고무신이 거친 발에 걸리우다.

흰 저고리 치마가 슬픈 몸집을 가리고
흰 띠가 가는 허리를 질끈 동이다.

눈 감고 간다

태양을 사모하는 아이들아
별을 사랑하는 아이들아
밤이 어두웠는데
눈 감고 가거라.

가진 바 씨앗을
뿌리면서 가거라.
발뿌리에 돌이 채이거든
감았던 눈을 와짝 떠라.

또 다른 고향 故鄉

고향에 돌아온 날 밤에
내 백골이 따라와 한방에 누웠다.

어둔 방은 우주로 통하고
하늘에선가 소리처럼 바람이 불어 온다.

어둠 속에서 곱게 풍화작용하는
백골을 들여다보며
눈물짓는 것이 내가 우는 것이냐
백골이 우는 것이냐
아름다운 혼이 우는 것이냐

지조 높은 개는
밤을 새워 어둠을 짖는다.

어둠을 짖는 개는
나를 쫓는 것일 게다.

가자 가자
쫓기우는 사람처럼 가자
백골 몰래
아름다운 또 다른 고향에 가자.

길

잃어버렸습니다.
무얼 어디다 잃었는지 몰라
두 손이 주머니를 더듬어
길에 나아갑니다.

돌과 돌과 돌이 끝없이 연달아
길은 돌담을 끼고 갑니다.

담은 쇠문을 굳게 닫아
길 위에 긴 그림자를 드리우고

길은 아침에서 저녁으로
저녁에서 아침으로 통했습니다.

돌담을 더듬어 눈물짓다
쳐다보면 하늘은 부끄럽게 푸릅니다.

풀 한 포기 없는 이 길을 걷는 것은
담 저쪽에 내가 남아 있는 까닭이고

내가 사는 것은, 다만,
잃은 것을 찾는 까닭입니다.

별 헤는 밤

계절이 지나가는 하늘에
가을로 가득차 있습니다.

나는 아무 걱정도 없이
가을 속의 별들을 다 헤일 듯합니다.

가슴속에 하나 둘 새겨지는 별을
이제 다 못 헤는 것은
쉬이 아침이 오는 까닭이요,
내일 밤이 남은 까닭이요,
아직 나의 청춘이 다하지 않은 까닭입니다.

별 하나에 추억과
별 하나에 사랑과
별 하나에 쓸쓸함과

별 하나에 동경과

별 하나에 시와

별 하나에 어머니, 어머니,

어머님, 나는 별 하나에 아름다운 말 한 마디씩 불러 봅니다. 소학교 때 책상을 같이 했던 아이들의 이름과, 패, 경, 옥, 이런 이국 소녀들의 이름과, 벌써 애기 어머니 된 계집애들의 이름과, 가난한 이웃 사람들의 이름과, 비둘기, 강아지, 토끼, 노새, 노루, '프랑시스 쨤', '라이너 마리아 릴케', 이런 시인의 이름을 불러 봅니다.

이네들은 너무나 멀리 있습니다.

별이 아슬히 멀듯이,

어머님,
그리고 당신은 멀리 북간도에 계십니다.

나는 무엇인지 그리워
이 많은 별빛이 내린 언덕 위에
내 이름자를 써 보고,
흙으로 덮어 버리었습니다.

딴은 밤을 새워 우는 벌레는
부끄러운 이름을 슬퍼하는 까닭입니다.

그러나 겨울이 지나고 나의 별에도 봄이 오면
무덤 위에 파란 잔디가 피어나듯이
내 이름자 묻힌 언덕 위에도
자랑처럼 풀이 무성할 게외다.

2

흰 그림자

황혼이 짙어지는 길모금에서
하로종일 시들은 귀를 가만히 기울이면
땅검의 옮겨지는 발자취소리,

발자취소리를 들을 수 있도록
나는 총명했던가요.

이제 어리석게도 모든 것을 깨달은 다음
오래 마음 깊은 속에
괴로워하던 수많은 나를
하나, 둘 제 고장으로 돌려보내면
거리모퉁이 어둠 속으로
소리없이 사라지는 흰 그림자,

흰 그림자들
연연히 사랑하던 흰 그림자들,

내 모든 것을 돌려보낸 뒤
허전히 뒷골목을 돌아
황혼처럼 물드는 내 방으로 돌아오면

신념이 깊은 의젓한 양처럼
하루종일 시름없이 풀포기나 뜯자.

사랑스런 추억_{追憶}

봄이 오던 아침, 서울 어느 쪼그만 정차장에서 희망
과 사랑처럼 기차를 기다려,

나는 플랫폼에 간신한 그림자를 떨어뜨리고, 담배
를 피웠다.

내 그림자는 담배연기 그림자를 날리고
비둘기 한떼가 부끄러울 것도 없이
나래 속을 속, 속, 햇빛에 비춰 날았다.

기차는 아무 새로운 소식도 없이
나를 멀리 실어다 주어,

봄은 다 가고—동경 교외 어느 조용한 하숙방에서, 옛 거리에 남은 나를 희망과 사랑처럼 그리워한다.

오늘도 기차는 몇번이나 무의미하게 지나가고,

오늘도 나는 누구를 기다려 정차장 가차운 언덕에서 서성거릴 게다.

— 아아 젊음은 오래 거기 남아 있거라.

흐르는 거리

으스럼히 안개가 흐른다. 거리가 흘러 간다. 저 전차, 자동차, 모든 바퀴가 어디로 흘리워 가는 것일까? 정박할 아무 항구도 없이, 가련한 많은 사람을 실고서, 안개 속에 잠긴 거리는,

거리 모퉁이 붉은 포스트상자를 붙잡고 섰을라면 모든 것이 흐르는 속에 어렴풋이 빛나는 가로등, 꺼지지 않는 것은 무슨 상징일까? 사랑하는 동무 박朴이여! 그리고 김金이여! 자네들은 지금 어디 있는가? 끝없이 안개가 흐르는데,

'새로운 날 아침 우리 다시 정답게 손목을 잡아보세' 몇자 적어 포스트 속에 떨어뜨리고, 밤을 새워 기다리면 금휘장金徽章에 금단추를 삐었고 거인처럼 찬란히 나타나는 배달부, 아침과 함께 즐거운 내임來臨, 이 밤을 하염없이 안개가 흐른다.

쉽게 씌어진 시詩

창 밖에 밤비가 속살거려
육첩방六疊房 은 남의 나라,

시인이란 슬픈 천명인 줄 알면서도
한 줄 시를 적어 볼까,

땀내와 사랑내 포근히 품긴
보내 주신 학비 봉투를 받아

대학 노―트를 끼고
늙은 교수의 강의 들으러 간다.

생각해 보면 어린 때 동무들
하나, 둘, 죄다 잃어버리고

나는 무얼 바라
나는 다만, 홀로 침전沈澱하는 것일까?

인생은 살기 어렵다는데
시가 이렇게 쉽게 씌어지는 것은
부끄러운 일이다.

육첩방은 남의 나라
창 밖에 밤비가 속살거리는데,

등불을 밝혀 어둠을 조금 내몰고,
시대처럼 올 아침을 기다리는 최후의 나,

나는 나에게 작은 손을 내밀어
눈물과 위안으로 잡는 최초의 악수.

봄

봄이 혈관 속에 시내처럼 흘러
돌, 돌, 시내 가차운 언덕에
개나리, 진달래, 노오란 배추꽃

삼동三冬을 참아 온 나는
풀포기처럼 피어난다.

즐거운 종달새야
어느 이랑에서 즐거웁게 솟쳐라.

푸르른 하늘은
아른아른 높기도 한데……

3

참회록懺悔錄

파란 녹이 낀 구리거울 속에
내 얼굴이 남아 있는 것은
어느 왕조의 유물이기에
이다지도 욕될까

나는 나의 참회의 글을 한 줄에 줄이자
— 만 24년 1개월을
무슨 기쁨을 바라 살아 왔던가

내일이나 모레나 그 어느 즐거운 날에
나는 또 한 줄의 참회록을 써야 한다.
— 그때 그 젊은 나이에
왜 그런 부끄런 고백을 했던가

밤이면 밤마다 나의 거울을
손바닥으로 발바닥으로 닦아 보자.

그러면 어느 운석 밑으로 홀로 걸어가는
슬픈 사람의 뒷모양이
거울 속에 나타나온다.

간肝

바닷가 햇빛 바른 바위 위에
습한 간을 펴서 말리우자,

코카사쓰 산중에서 도망해 온 토끼처럼
둘러리를 빙빙 돌며 간을 지키자,

내가 오래 기르던 여윈 독수리야!
와서 뜯어 먹어라, 시름없이

너는 살지고
나는 여위어야지, 그러나,

거북이야!
다시는 용궁의 유혹에 안 떨어진다.

프로메테우스, 불쌍한 프로메테우스
불 도적한 죄로 목에 맷돌을 달고
끝없이 침전하는 프로메테우스.

위로慰勞

거미란 놈이 흉한 심보로 병원 뒤뜰 난간과 꽃밭 사이 사람 발이 잘 닿지 않는 곳에 그물을 쳐 놓았다. 옥외 요양을 받는 젊은 사나이가 누워서 치어다보기 바르게—

나비가 한 마리 꽃밭에 날아들다 그물에 걸리었다. 노—란 날개를 파득거려도 파득거려도 나비는 자꾸 감기우기만 한다. 거미가 쏜살같이 가더니 끝없는 끝없는 실을 뽑아 나비의 온몸을 감아 버린다. 사나이는 긴 한숨을 쉬었다.

나이보담 무수한 고생 끝에 때를 잃고 병을 얻은 이 사나이를 위로할 말이— 거미줄을 헝클어 버리는 것밖에 위로의 말이 없었다.

팔복 八福

마태복음 5장 3-12

슬퍼하는 자는 복이 있나니
슬퍼하는 자는 복이 있나니
슬퍼하는 자는 복이 있나니
슬퍼하는 자는 복이 있나니
슬퍼하는 자는 복이 있나니
슬퍼하는 자는 복이 있나니
슬퍼하는 자는 복이 있나니
슬퍼하는 자는 복이 있나니

저희가 영원히 슬플 것이오.

달같이

연륜이 자라듯이
달이 자라는 고요한 밤에
달같이 외로운 사랑이
가슴 하나 뻐근히
연륜처럼 피어 나간다.

고추밭

시들은 잎새 속에서
고 빠알간 살을 드러내 놓고,
고추는 방년芳年°된 아가씬 양
땡볕에 자꾸 익어 간다.

할머니는 바구니를 들고
밭머리에서 어정거리고
손가락 너어는 아이는
할머니 뒤만 따른다.

● 이십 세 전후의 한창 젊은 꽃다운 나이

아우의 인상화 印象畵

붉은 이마에 싸늘한 달이 서리어
아우의 얼굴은 슬픈 그림이다.

발걸음을 멈추어
살그머니 앳된 손을 잡으며
'늬는 자라 무엇이 되려니'
'사람이 되지'
아우의 설은 진정코 설은 대답이다.

슬며시 잡았던 손을 놓고
아우의 얼굴을 다시 들여다본다.

싸늘한 달이 붉은 이마에 젖어
아우의 얼굴은 슬픈 그림이다.

사랑의 전당殿堂

순順아 너는 내 전殿에 언제 들어왔던 것이냐?
내사 언제 네 전에 들어갔던 것이냐?

우리들의 전당은
고풍古風한 풍습이 어린 사랑의 전당

순順아 암사슴처럼 수정눈을 나려감어라.
난 사자처럼 엉크린 머리를 고루련다.
우리들의 사랑은 한낱 벙어리였다.

성스런 촛대에 열熱한 불이 꺼지기 전
순順아 너는 앞문으로 내달려라.

어둠과 바람이 우리 창에 부닥치기 전
나는 영원한 사랑을 안은 채
뒷문으로 멀리 사라지련다.

이제 네게는 삼림 속의 아늑한 호수가 있고
내게는 험준한 산맥이 있다.

이적 異蹟

발에 터부한 것을 다 빼어버리고
황혼이 호수 위로 걸어오듯이
나도 사뿐사뿐 걸어보리이까?

내사 이 호수가로
부르는 이 없이
불리워온 것은
참말 이적이외다.

오늘 따라

연정戀情, 자홀自惚, 시기猜忌, 이것들이

자꾸 금메달처럼 만져지는구료

하나, 내 모든 것을 여념없이

물결에 씻어보내려니

당신은 호면湖面으로 나를 불러내소서.

비오는 밤

쏴— 철석! 파도소리 문살에 부서져
잠 살포시 꿈이 흩어진다.

잠은 한낱 검은 고래 떼처럼 설레어
달랠 아무런 재주도 없다.

불을 밝혀 잠옷을 정성스레 여미는
삼경.
염원.

동경의 땅 강남에 또 홍수질것만 싶어
바다의 향수보다 더 호젓해진다.

산골 물

괴로운 사람아 괴로운 사람아
옷자락 물결 속에서도
가슴속 깊이 돌돌 샘물이 흘러
이 밤을 더불어 말할 이 없도다.
거리의 소음과 노래 부를 수 없도다.
그신 듯이 냇가에 앉았으니
사랑과 일을 거리에 맡기고
가만히 가만히
바다로 가자,
바다로 가자.

유언遺言

후어—ㄴ 한 방에
유언은 소리 없는 입놀림.

바다에 진주 캐러 갔다는 아들
해녀와 사랑을 속삭인다는 맏아들
이밤에사 돌아오나 내다봐라—

평생 외롭던 아버지의 운명
감기우는 눈에 슬픔이 어린다.

외딴집에 개가 짖고
휘양찬 달이 문살에 흐르는 밤.

창窓

쉬는 시간마다
나는 창녘으로 갑니다.

—창은 산 가르침.

이글이글 불을 피워주소,
이 방에 찬 것이 서럽니다.

단풍잎 하나
맴도나 보니
아마도 자그마한 선풍旋風이 인 게외다.

그래도 싸느란 유리창에
햇살이 쨍쨍한 무렵,
상학종上學鐘이 울어만 싶습니다.

바다

실어다 뿌리는
바람조차 시원타.

솔나무 가지마다 샛춤히
고개를 돌리어 뻐들어지고,

밀치고
밀치운다.

이랑을 넘는 물결은
폭포처럼 피어오른다.

해변에 아이들이 모인다
찰찰 손을 씻고 구보로.

바다는 자꾸 섧어진다.
갈매기의 노래에……

돌아다보고 돌아다보고
돌아가는 오늘의 바다여!

비로봉 毘盧峰

만상을
굽어보기란—

무릎이
오들오들 떨린다.

백화
어려서 늙었다.

새가
나비가 된다.

정말 구름이
비가 된다.

옷자락이
칩다.

산협山峽의 오후午後

내 노래는 오히려
섧은 산울림.

골짜기 길에
떨어진 그림자는
너무나 슬프구나

오후의 명상은
아— 졸려.

명상瞑想

가즐가즐한 머리칼은 오막살이 처마끝,
쉬파람에 콧마루가 서운한 양 간질키오.

들창같은 눈은 가볍게 닫혀
이밤에 연정은 어둠처럼 골골히 스며드오.

소낙비

번개, 뇌성, 왁자지끈 뚜다려
머―ㄴ 도회지에 낙뢰가 있어만 싶다.

벼루짱 엎어논 하늘로
살 같은 비가 살처럼 쏟아진다.

손바닥만한 나의 정원이
마음같이 흐린 호수되기 일쑤다.

바람이 팽이처럼 돈다.
나무가 머리를 이루잡지 못한다.

내 경건한 마음을 모셔드려
노아 때 하늘을 한모금 마시다.

한란계 寒暖計

싸늘한 대리석 기둥에 목아지를 비틀어맨 한란계,
문득 들여다볼 수 있는 운명한 5척6촌의 허리 가는 수은주,
마음은 유리관보다 맑소이다.

혈관이 단조로워 신경질인 여론동물輿論動物,
가끔 분수같은 냉침을 억지로 삼키기에
정력을 낭비합니다.

영하로 손구락질할 수돌네 방처럼 치운 겨울보다
해바라기 만발한 8월 교정이 이상理想 곺소이다.
피끓을 그날이—

어제는 막 소낙비가 퍼붓더니 오늘은 좋은 날세올시다.

동저고리 바람에 언덕으로, 숲으로 하시구려—

이렇게 가만가만 혼자서 귓속이야기를 하였습니다.

나는 또 내가 모르는 사이에—

나는 아마도 진실한 세기의 계절을 따라—

하늘만 보이는 울타리 안을 뛰쳐,

역사歷史같은 포지션을 지켜야 봅니다.

풍경 風景

봄바람을 등진 초록빛 바다
쏟아질 듯 쏟아질 듯 위태롭다.

잔주름 치마폭의 두둥실거리는 물결은
오스라질 듯 한끝 경쾌롭다.

마스트 끝에 붉은 깃발이
여인의 머리칼처럼 나부낀다.

이 생생한 풍경을 앞세우며 뒤세우며
외—ㄴ하로 거닐고 싶다.

—우중충한 5월 하늘 아래로,
—바닷빛 포기포기에 수놓은 언덕으로.

달밤

흐르는 달의 흰 물결을 밀쳐
여윈 나무 그림자를 밟으며
북망산을 향한 발걸음은 무거웁고
고독을 반려한 마음은 슬프기도 하다.

누가 있어만 싶은 묘지엔 아무도 없고,
정적만이 군데군데 흰 물결에 폭 젖었다.

장

이른 아침 아낙네들은 시들은 생활을
바구니 하나 가득 담아 이고……
업고 지고…… 안고 들고……
모여드오 자꾸 장에 모여드오.

가난한 생활을 골골이 벌여 놓고
밀려 가고 밀려 오고……
저마다 생활을 외치오…… 싸우오.

윈하로 올망졸망한 생활을
되질하고 저울질하고 자질하다가
날이 저물어 아낙네들이
쓴 생활과 바꾸어 또 이고 돌아가오.

밤

오양간 당나귀
아— ㅇ 외마디 울음울고,

당나귀 소리에
으— 아 아 애기 소스라쳐 깨고

등잔에 불을 다오.

아버지는 당나귀에게
짚을 한키 담아 주고,

어머니는 애기에게
젖을 한모금 먹이고,

밤은 다시 고요히 잠드오.

황혼黃昏이 바다가 되어

하루도 검푸른 물결에
흐느적 잠기고…… 잠기고……
저―왼 검은 고기 떼가
물든 바다를 날아 횡단할고.

낙엽이 된 해초
해초마다 슬프기도 하오.

서창에 걸린 해맑간 풍경화.
옷고름 너어는 고아孤兒의 서름.

이제 첫 항해하는 마음을 먹고
방바닥에 나뒹구오…… 딩구오……
황혼이 바다가 되어
오늘도 수많은 배가
나와 함께 이 물결에 잠겼을 게오.

아침

획, 획, 획,
소꼬리가 부드러운 채찍질로
어둠을 쫓아,
캄, 캄, 어둠이 깊다깊다 밝으오.

이제 이 동리의 아침이
풀살 오른 소엉덩이처럼 푸르오.
이 동리 콩죽 먹은 사람들이
땀물을 뿌려 이 여름을 길렀소.
잎, 잎, 풀잎마다 땀방울이 맺혔소.

구김살 없는 이 아침을
심호흡하오 또 하오.

빨래

빨래줄에 두 다리를 드리우고
흰 빨래들이 귓속이야기하는 오후,

쨍쨍한 7월 햇발은 고요히도
아담한 빨래에만 달린다.

꿈은 깨어지고

잠은 눈을 떴다
그윽한 유무幽霧에서.

노래하던 종달이
도망쳐 날아나고,

지난날 봄타령하던
금잔디밭은 아니다.

탑은 무너졌다,
붉은 마음의 탑이—
손톱으로 새긴 대리석탑이—
하루저녁 폭풍에 여지없이도

오오 황폐의 쑥밭,

눈물과 목메임이여!

꿈은 깨어졌다

탑은 무너졌다.

산림山林

시계時計가 자근자근 가슴을 따려
불안한 마음을 산림이 부른다.

천년 오래인 연륜에 짜들은 유암幽暗한 산림이
고달픈 한몸을 포옹할 인연을 가졌나 보다.

산림의 검은 파동 우으로부터
어둠은 어린 가슴을 짓밟고
이파리를 흔드는 저녁바람이
쏴― 공포에 떨게 한다.

멀리 첫여름의 개고리 재질댐에
흘러간 마을의 과거는 아질타.

나무틈으로 반짝이는 별만이
새날의 희망으로 나를 이끈다.

이런 날

사이좋은 정문의 두 돌기둥 끝에서
오색기와 태양기가 춤을 추는 날,
금을 그은 지역의 아이들이 즐거워하다.

아이들에게 하루의 건조한 학과學課로
해말간 권태가 깃들고
'모순矛盾' 두 자를 이해치 못하도록
머리가 단순하였구나.

이런 날에는
잃어버린 완고하던 형을
부르고 싶다.

산상山上

거리가 바둑판처럼 보이고,
강물이 배암의 새끼처럼 기는
산 우에까지 왔다.
아직쯤은 사람들이
바둑돌처럼 버려 있으리라.

한나절의 태양이
함석지붕에만 비치고,
굼벙이 걸음을 하던 기차가

정차장에 섰다가 검은 내를 토하고
또 걸음발을 탄다.

텐트 같은 하늘이 무너져
이 거리를 덮을까 궁금하면서
좀더 높은 데로 올라가고 싶다.

양지陽地 쪽

저쪽으로 황토 실은 이 땅 봄바람이
호인胡人의 물레바퀴처럼 돌아 지나고

아롱진 4월 태양의 손길이
벽을 등진 설은 가슴마다 올올이 만진다.

지도째기 놀음에 뉘 땅인 줄 모르는 애 둘이
한 뼘 손가락이 짧음을 한恨함이여.

아서라! 가뜩이나 엷은 평화가
깨어질까 근심스럽다.

닭

—닭은 나래가 커도
왜 날잖나요

—아마 두엄 파기에
홀 잊었나봐.

가슴1

소리 없는 북,

답답하면 주먹으로

뚜다려 보오.

그래 봐도

후—

가아는 한숨보다 못하오.

가슴2

불꺼진 화덕을
안고 도는 겨울밤은 깊었다.

재만 남은 가슴이
문풍지 소리에 떤다.

비둘기

안아보고 싶게 귀여운
산비둘기 일곱 마리

하늘 끝까지 보일 듯이 맑은 공일날 아침에
벼를 거두어 빤빤한 논에
앞을 다투어 모이를 주으며
어려운 이야기를 주고받으오

날씬한 두 나래로 조용한 공기를 흔들어
두 마리가 나오
집에 새끼 생각이 나는 모양이오.

황혼黃昏

햇살은 미닫이 틈으로
길죽한 일―자를 쓰고…… 지우고……

까마귀 떼 지붕 위로
둘, 둘, 셋, 넷, 자꾸 날아 지난다.
쑥쑥, 꿈틀꿈틀 북쪽 하늘로,

내사……
북쪽 하늘에 나래를 펴고 싶다.

남南쪽 하늘

제비는 두 나래를 가지었다.
시산한 가을날ㅡ

어머니의 젖가슴이 그리운
서리 나리는 저녁ㅡ
어린 영靈은 쪽나래의 향수를 타고
남쪽 하늘에 떠돌 뿐ㅡ

창공 蒼空

그 여름날
열정의 포푸라는
오려는 창공의 푸른 젖가슴을
어루만지려
팔을 펼쳐 흔들거렸다.
끓는 태양 그늘 좁다란 지점에서

천막같은 하늘 밑에서
떠들던, 소나기
그리고 번개를,
춤추던 구름은 이끌고
남방으로 도망하고,
높다랗게 창공은 한폭으로
가지 위에 퍼지고
둥근 달과 기러기를 불러 왔다.

푸르른 어린 마음이 이상에 타고,

그의 동경의 날 가을에

조락凋落의 눈물을 비웃다.

거리에서

달밤의 거리
광풍이 휘날리는
북국의 거리
도시의 진주

전등 밑을 헤엄치는
조그만 인어 나,
달과 전등에 비쳐
한몸에 두셋의 그림자,
커졌다 작아졌다.

괴롬의 거리

재색빛 밤거리를

걷고 있는 이 마음

선풍旋風이 일고 있네

외로우면서도

한 갈피 두 갈피

피어나는 마음의 그림자,

푸른 공상이

높아졌다 낮아졌다.

삶과 죽음

삶은 오늘도 죽음의 서곡을 노래하였다.
이 노래가 언제나 끝나랴

세상 사람은—
뼈를 녹여내는 듯한 삶의 노래에
춤을 춘다.
사람들은 해가 넘어가기 전
이 노래 끝의 공포를
생각할 사이가 없었다.

하늘 복판에 알 새기듯이
이 노래를 부른 자가 누구뇨

그리고 소낙비 그친 뒤같이도
이 노래를 그친 자가 누구뇨

죽고 뼈만 남은
죽음의 승리자 위인들!

초 한 대

초 한 대—
내 방에 품긴 향내를 맡는다.

광명의 제단이 무너지기 전
나는 깨끗한 제물을 보았다.

염소의 갈비뼈 같은 그의 몸
그의 생명인 심지까지
백옥같은 눈물과 피를 흘려
불살라 버린다.

그리고도 책상머리에 아롱거리며
선녀처럼 촛불은 춤을 춘다.

매를 본 꿩이 도망하듯이
암흑이 창구멍으로 도망한

나의 방에 품긴
제물의 위대한 향내를 맛보노라.

4

산울림

까치가 울어서
산울림,
아무도 못 들은
산울림,

까치가 들었다.
산울림,
저 혼자 들었다
산울림.

해바라기 얼굴

누나의 얼굴은
해바라기 얼굴
해가 금방 뜨자
일터에 간다.

해바라기 얼굴은
누나의 얼굴
얼굴이 숙어들어
집으로 온다.

귀뚜라미와 나와

귀뚜라미와 나와
잔디밭에서 이야기했다.

귀뜰귀뜰
귀뜰귀뜰

아무게도 아르켜주지 말고
우리 둘만 알자고 약속했다.

귀뜰귀뜰
귀뜰귀뜰

귀뚜라미와 나와
달밝은 밤에 이야기했다.

애기의 새벽

우리 집에는
닭도 없단다.
다만
애기가 젖 달라 울어서
새벽이 된다.

우리 집에는
시계도 없단다.
다만
애기가 젖 달라 보채어
새벽이 된다.

햇빛·바람

손가락에 침 발러
쏘옥, 쏙, 쏙,
장에 가는 엄마 내다보려
문풍지를
쏘옥, 쏙, 쏙,

아침에 햇빛이 반짝

손가락에 침발러
쏘옥, 쏙, 쏙,
장에 가신 엄마 돌아오나
문풍지를
쏘옥, 쏙, 쏙,

저녁에 바람이 솔솔.

반딧불

가자 가자 가자
숲으로 가자
달조각을 주으려
숲으로 가자.

그믐밤 반딧불은
부서진 달조각,

가자 가자 가자
숲으로 가자
달조각을 주으려
숲으로 가자.

둘 다

바다도 푸르고
하늘도 푸르고

바다도 끝없고
하늘도 끝없고

바다에 돌 던지고
하늘에 침 뱉고

바다는 벙글
하늘은 잠잠.

거짓부리

똑, 똑, 똑,
문 좀 열어주세요
하룻밤 자고 갑시다.
　　밤은 깊고 날은 추운데
　　거 누굴까?
문 열어주고 보니
검둥이의 꼬리가
거짓부리한걸.

꼬기요, 꼬기요,

달걀 낳았다.

간난아 어서 집어 가거라

　　간난이 뛰어가 보니

　　달걀은 무슨 달걀,

고놈의 암탉이

대낮에 새빨간

거짓부리 한걸.

눈

지난밤에
눈이 소오복이 왔네

지붕이랑
길이랑 밭이랑
추워한다고
덮어주는 이불인가봐

그러기에
추운 겨울에만 나리지

참새

가을 지난 마당은 하이얀 종이
참새들이 글씨를 공부하지요.

째액째액 입으로 받아읽으며
두 발로는 글씨를 연습하지요.

하루 종일 글씨를 공부하여도
쩩자 한 자밖에는 더 못 쓰는걸.

버선본

어머니
누나 쓰다 버린 습자지는
두었다가 뭣에 쓰나요?

그런 줄 몰랐드니
습자지에다 내 버선 놓고
가위로 오려
버선본 만드는걸.

어머니
내가 쓰다 버린 몽당연필은
두었다간 뭣에 쓰나요?

그런 줄 몰랐드니
천 위에다 버선본 놓고
침 발러 점을 찍곤
내 버선 만드는걸.

편지

누나!
이 겨울에도
눈이 가득히 왔습니다.

흰 봉투에
눈을 한 줌 넣고
글씨도 쓰지 말고
우표도 붙이지 말고
말쑥하게 그대로
편지를 부칠까요?

누나 가신 나라엔
눈이 아니 온다기에.

무얼 먹고 사나

바닷가 사람

물고기 잡아먹고 살고

산골엣 사람

감자 구어먹고 살고

별나라 사람

무얼 먹고 사나.

굴뚝

산골작이 오막살이 낮은 굴뚝엔
몽기몽기 웨인 연기 대낮에 솟나

감자를 굽는 게지 총각애들이
깜박깜박 검은 눈이 모여 앉아서
입술에 꺼멓게 숯을 바르고
옛이야기 한 커리에 감자 하나씩.

산골작이 오막살이 낮은 굴뚝엔
살랑살랑 솟아나네 감자 굽는 내.

햇비

아씨처럼 나린다
보슬보슬 햇비
맞아 주자 다 같이
옥수숫대처럼 크게
닷자 엿자 자라게
햇님이 웃는다
나 보고 웃는다.

하늘다리 놓였다
알롱알롱 무지개
노래하자 즐겁게
동무들아 이리 오나
다 같이 춤을 추자
햇님이 웃는다
즐거워 웃는다

빗자루

요오리 조리 베면 저고리 되고
이이렇게 베면 큰 총 되지.
누나하고 나하고
가위로 종이 쏠았더니
어머니가 빗자루 들고
누나 하나 나 하나
엉덩이를 때렸소
방바닥이 어지럽다고—
아아니 아니
고놈의 빗자루가
방바닥 쓸기 싫으니
그랬지 그랬어
괘씸하여 벽장 속에 감췄드니
이튿날 아침 빗자루가 없다고
어머니가 야단이지요.

기왓장 내외

비오는 날 저녁에 기왓장 내외
잃어버린 외아들 생각나선지
꼬부라진 잔등을 어루만지며
쭈룩쭈룩 구슬피 울음 웁니다.

대궐 지붕 위에서 기왓장 내외
아름답던 옛날이 그리워선지
주름 잡힌 얼굴을 어루만지며
물끄러미 하늘만 쳐다봅니다.

오줌싸개 지도

빨래줄에 걸어논
요에다 그린 지도
지난밤에 내 동생
오줌싸 그린 지도
꿈에 가본 엄마 계신
별나라 지돈가?
돈 벌러 간 아빠 계신
만주땅 지돈가?

병아리

'뾰, 뾰, 뾰,
엄마 젖 좀 주'
병아리 소리.

'꺽, 꺽, 꺽,
오냐 좀 기다려'
엄마 닭 소리.

좀 있다가
병아리들은
엄마 품속으로
다 들어 갔지요.

조개껍질

아롱아롱 조개껍데기
울 언니 바닷가에서
주어 온 조개껍데기

여긴여긴 북쪽나라요
조개는 귀여운 선물
장난감 조개껍데기

데굴데굴 굴리며 놀다
짝 잃은 조개껍데기
한짝을 그리워하네

아롱아롱 조개껍데기
나처럼 그리워하네
물소리 바닷 물소리.

겨울

처마 밑에
시래기 다래미
바삭바삭
추워요.

길바닥에
말똥 동그램이
달랑달랑
얼어요.

5

식권食券

식권은 하루 세끼를 준다.

식모는 젊은 아이들에게
한때 흰 그릇 셋을 준다.

대동강 물로 끓은 국
평안도 쌀로 지은 밥
조선의 매운 고추장

식권은 우리 배를 부르게.

종달새

종달새는 이른 봄날
질디진 거리의 뒷골목이
싫더라.
명랑한 봄 하늘
가벼운 두 나래를 펴서
요염한 봄노래가
좋더라
그러나
오늘도 구멍 뚫린 구두를 끌고
홀렁홀렁 뒷거리길로
고기 새끼 같은 나는 헤매나니
나래와 노래가 없음인가
가슴이 답답하구나

이별 離別

눈이 오다 물이 되는 날
잿빛 하늘에 또 뿌연내 그리고
크다란 기관차는 빼— 액— 울며
조고만 가슴은 울렁거린다.

이별이 너무 재빠르다, 안타깝게도
사랑하는 사람을
일터에서 만나자 하고—
더운 손의 맛과 구슬 눈물이 마르기 전
기차는 꼬리를 산굽으로 돌렸다.

모란봉牡丹峰에서

앙당한 소나무 가지에
훈훈한 바람의 날개가 스치고
얼음 섞인 대동강물에
한나절 햇발이 미끌어지다.

허물어진 성터에서
철모르는 여아들이
저도 모를 이국말로
재잘대며 뜀을 뛰고
난데없는 자동차가 밉다.

오후吾後의 구장球場

늦은 봄 기다리던 토요일날
오후 세시 반의 경성행 열차는
석탄 연기를 자욱이 품기고
한몸을 끄을기에 강하던
공이 자력을 잃고
한모금의 물이
불붙는 목을 축이기에
넉넉하다.

젊은 가슴의 피 순환이 잦고
두 철각이 늘어진다.

검은 기차 연기와 함께

푸른 산이

아지랑이 저쪽으로

가라앉는다.

곡간 谷間

산등서리에 송아지뿔처럼
울뚝불뚝히 어린 바위가 솟고
얼룩소의 보드라운 털이
산등서리에 퍼―렇게 자랐다.

삼년 만에 고향에 찾아드는
산골 나그네의 발걸음이
타박타박 땅을 고눈다.
벌거숭이 두루미 다리같이―

헌 신짝이 지팡이 끝에
모가지를 매달아 늘어지고
까치가 새끼의 날발을 태우며 날 뿐
골짝은 나그네의 마음처럼 고요하다.

살들이 두 줄로 줄달음질치고
여울이 소리쳐 목이 잦았다.
한여름의 햇님이 구름을 타고
이 골짜기를 빠르게도 건너려 한다.

그 여자 女子

함께 핀 꽃에 처음 익은 능금은
먼저 떨어졌습니다.

오늘도 가을 바람은 그냥 붑니다.

길가에 떨어진 붉은 능금은
지나는 손님이 집어 갔습니다.

비애悲哀

호젓한 세기世紀의 달을 따라
알 듯 모를 듯한 데로 거닐고저!

아닌밤중에 튀기듯이
잠자리를 뛰쳐
끝없는 광야를 홀로 거니는
사람의 심사는 외로우려니

아— 이 젊은이는
피라밋처럼 슬프구나

코스모스

청초한 코스모스는
오직 하나인 나의 아가씨

달빛이 싸늘히 추운 밤이면
옛 소녀가 못 견디게 그리워
코스모스 핀 정원으로 찾아간다.

코스모스는
귀또리 울음에도 수집어지고
코스모스 앞에 선 나는
어렸을 적처럼 부끄러워지나니

내 마음은 코스모스의 마음이요
코스모스의 마음은 내 마음이다.

장미薔薇 병들어

장미 병들어
옮겨 놓을 이웃이 없도다.

달랑달랑 외로이
황마차幌馬車 태워 산에 보낼거나

뚜— 구슬피
화륜선火輪船 태워 대양에 보낼거나

프로펠러 소리 요란히
비행기 태워 성층권에 보낼거나

이것저것

다 그만두고

자라가는 아들이 꿈을 깨기 전

이내 가슴에 묻어다오.

공상 空想

공상—

내 마음의 탑

나는 말없이 이 탑을 쌓고 있다.

명예와 허영의 천공에다

무너질 줄 모르고

한 층 두 층 높이 쌓는다.

무한한 나의 공상

그것은 내 마음의 바다

나는 두 팔을 펼쳐서

나의 바다에서

자유로이 헤엄친다.

황금 지욕知慾의 수평선을 향하여.

내일은 없다

내일 내일 하기에
물었더니
밤을 자고 동틀 때
내일이라고
새날을 찾던 나는
잠을 자고 돌보니
그때는 내일이 아니라
오늘이더라
무리여! 동무여!
내일은 없나니
·············

호주머니

넣을 것 없어
걱정이던
호주머니는

겨울만 되면
주먹 두 개 갑북갑북.

개

눈 위에서

개가

꽃을 그리며

뛰오.

고향집

헌 짚신짝 끄을고
나 여기 왜 왔노
두만강을 건너서
쓸쓸한 이 땅에

남쪽 하늘 저 밑에
따뜻한 내 고향
내 어머니 계신 곳
그리운 고향집

비행기

머리에 프로펠러가
연자간 풍체보다
더— 빨리 돈다.

땅에서 오를 때보다
하늘에 높이 떠서는
빠르지 못하다
숨결이 찬 모양이야.

비행기는—
새처럼 나래를
펄럭거리지 못한다.
그리고 늘—
소리를 지른다.
숨이 찬가봐.

나무

나무가 춤을 추면
바람이 불고
나무가 잠잠하면
바람도 자오

사과

붉은 사과 한 개를
아버지 어머니
누나 나 넷이서
껍질 채로 송치까지
다아 나눠 먹었소.

만돌이

만돌이가 학교에서 돌아오다가
전봇대 있는 데서
돌짜기 다섯 개를 주웠습니다.

전봇대를 겨누고
돌 첫 개를 뿌렸습니다.
—딱—
두 개째 뿌렸습니다.
—아뿔사—
세 개째 뿌렸습니다.
—딱—
네 개째 뿌렸습니다.
—아뿔사—
다섯 개째 뿌렸습니다.
—딱—

다섯 개에 세 개······
그만하면 되었다.
내일 시험
다섯 문제에 세 문제만 하면—
손꼽아 구구를 하여 봐도
허양 육십 점이다.
볼 거 있나 공차러 가자.

그 이튿날 만돌이는
꼼짝 못하고 선생님한테
흰 종이를 바쳤을까요
그렇잖으면 정말
육십 점을 받았을까요

윤동주 시집
컬러 일러스트
ⓒ 윤동주, 2023

초판 1쇄 2023년 2월 28일 펴냄
초판 2쇄 2023년 6월 7일 펴냄

지은이 | 윤동주
펴낸이 | 이태준

기획·편집 | 박상문, 김슬기
디자인 | 최진영
인쇄·제본 | (주)삼신문화

펴낸곳 | 북카라반
출판등록 | 제17-332호 2002년 10월 18일

주소 | (04037) 서울시 마포구 양화로7길 6-16 서교제일빌딩 3층
전화 | 02-486-0385
팩스 | 02-474-1413

ISBN 979-11-6005-124-7 03810
값 13,000원